KB043162

아버지의 강

ⓒ2023 배종숙

아버지의 강

1판 1쇄 : 인쇄 2023년 01월 31일
1판 1쇄 : 발행 2023년 02월 10일

지은이 : 배종숙
펴낸이 : 서동영
펴낸곳 : 서영출판사

출판등록 : 2010년 11월 26일 제 (25100-2010-000011호)
주소 : 서울특별시 마포구 월드컵로 31길 62
전화 : 02-338-0117 팩스 : 02-338-7160
이메일 : sdy5608@hanmail.net

디자인 : 이원경

ⓒ2023 배종숙 seo young printed in seoul korea
ISBN 979-11-92055-25-1 04810
ISBN 978-89-97180-00-4(set)

이 도서의 저작권은 저자와의 계약에 의하여 서영출판사에 있으며 일부 혹은 전체 내용을 무단 복사 전제하는 것은 저작권법에 저촉됩니다.
※잘못된 책은 구입하신 서점에서 바꾸어 드립니다.

오늘의 詩選集 **58**

아버지의 강

배종숙 시집

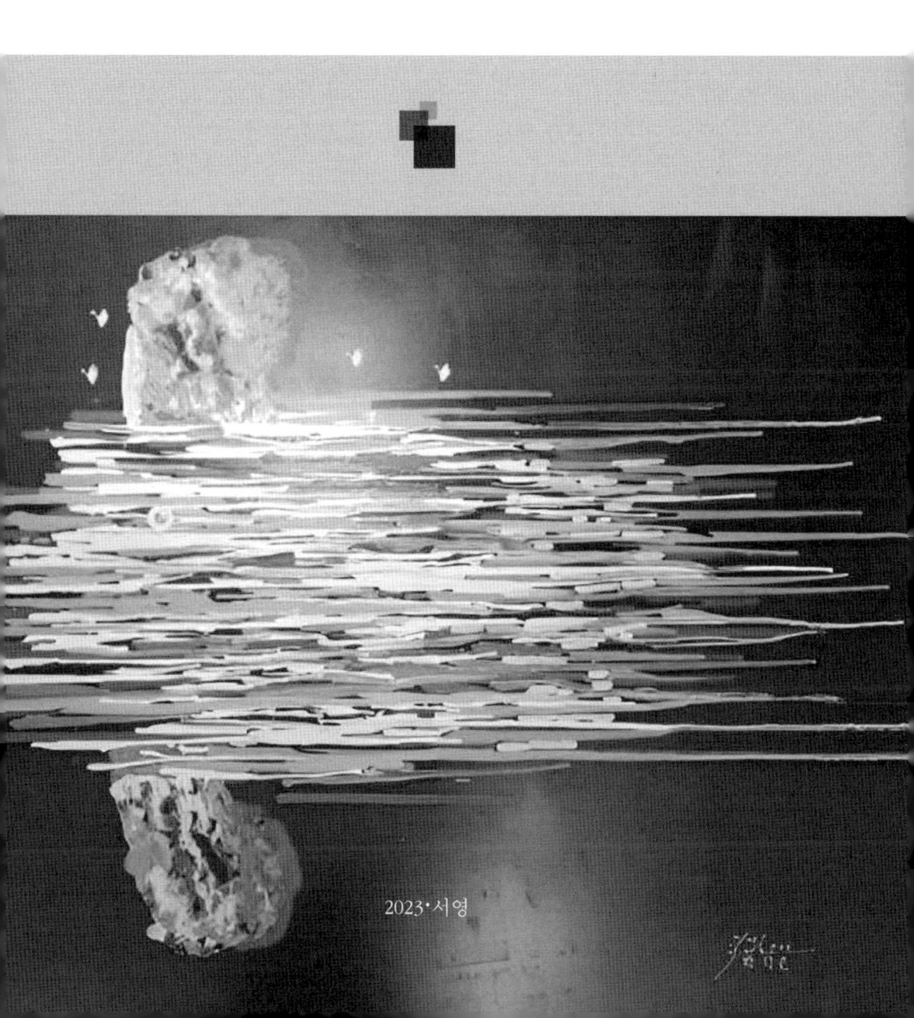

배종숙 시인의 제2시집 출간을 축하하며

배종숙(裵鐘淑) 시인은 경남 함안 대산에서 1958년 9월 5일 1남 5녀 중 막내로 태어났다.

호는 은곡(隱谷), 닉네임은 꿈곱하기백, 혈액형은 B형이다.

배종숙 시인은 1989년 12월 10일에 결혼하여, 슬하에 1남(김형민), 2녀(김현나, 김현정)를 두었다.

배종숙 시인은 경북 울산에서 직장 생활을 하면서, 월간지[문학공간]에 시, 시조 부분 신인문학상 수상, 계간지[오은문학]에 동시 신인문학상 수상으로 문단에 데뷔했다.

이후 그녀는 황금찬 문학상, 독도 문학상, 이준 열사 문학상, 불갑산 상사화 문학상, 독일 몬스트문학 영웅상, 뉴욕 아트페어 [문학부문] 대상, 마닐라센트럴 문학상, 대한민국 건국100주년기념 문학상, 한국청소년신문사 신춘문예 수필 당선, 윤동주 문학상 대상, 오은문학 21세기 작가상, 육신문학상, 아동작가상, 향촌문학 전국주부 백일장 수필 최우수상, 큰여수신문 신춘문예 시, 수필, 시조 당선, 한실문예창작 최고 작품작가상, 평화통일 전국글짓기 통일부장관상, 2020

위대한 대한민국 국민대상(문학부문), 문예세상 문학상, 제5회 전국여성 문학대전 대상, 대한방송언론기자연합회 세계참좋은인재 대상, 대한민국 문학발전 인재 대상, 동양문학 신춘문예 시 당선, UN NGO 문학대상, 남명문화제 시화문학상 포랜컬쳐상, 시인투데이 작품상 우수상, 모산문학상 우수상, 제3회 사진문학 작품상, 시.문학 대상, 한국사진 문학상 우수상, 대한민국 문학대상(동시 부문), 아시아 문학상, 세종 문예상, Paris Ecole Award 문학 대상 등을 수상했다.

현재, 한꿈문학회 회장, 꽃스런 문학회 회장, 사단법인 노벨재단 사무부총장, 한국예술연대 이사, 대한시문협 이사, 문학신문사 중앙부회장, 동양문학 심사위원, 큰여수신문 연재작가 모델 심사위원, 낙강시조 부회장, 문예세상 편집 이사, 문학사랑 신문 부이사장 겸 출판국장, 오은문학사 수석부회장, Paris Ecole Award 초대작가 등으로 활약하고 있다.

저서로는 제1시집 [그리움 헤아리다], 시조집 [얼마나 더 깊어야 네 마음 헤아릴까]가 있다.

자, 그럼 지금부터 배종숙 시인의 시 세계로 탐색 여행을 떠나 보기로 하자.

온종일 애쓴다
무슨 생각이 저리 깊은지
마음조차 흔들린다

또독또독 걷다가 뛰다가
무슨 생각이 저리 고고한지
겅정겅정 흩날리고 있다

출렁이는 초록 물결 품으려
한 줄기 흐름으로
그 상념 다 비우려 하는가

바람결에 제 한몸 맡겨
방울방울 소리 내고 있다

그리움에 젖어
상흔이 남긴 강자욱 지우려
바다로 간다.

- [봄비·1] 전문

이 시에서의 시적 화자는 봄비를 의인화하여, 자신의 내면을 투영시켜 놓고 있다.

조용 조용 걷는 걸음으로 봄비는 다가온다. 연초록 심장이 놀라지 않도록 살금살금 걷는다. 봄비는 들떠 있는 제 마음을 추스리며 몸의 소리까지 다독인다. 그런 조심스런 마음을 시적 화자는 '온종일 애쓴다/ 무슨 생각이 저리 깊은지/ 마음조차 흔들린다'고 말하고 있다.

봄비가 애쓰는 건지 시적 화자가 애쓰는 건지 알 수 없지만 생각이 깊어 보인다. 봄비가 다가가자 흙의 입술은 보슬보슬 열리고 연둣빛 눈망울은 맑아진다. 하늘의 달콤한 속삭임이 입술과 가슴에 닿았던 것일까. 가지마다 또랑또랑한 물방울을 매달고 있다. 문득 의자에 앉아 봄비에 취한 오후를 한없이 듣고 싶다. 마당을 뛰어다니고 바람에 흩날리는 봄비 가득한 오후를 만나고 싶다.

시적 화자는 그런 마음을 '또독또독 걷다가 뛰다가/ 무슨 생각이 저리 고고한지/ 겅정겅정 흩날리고 있다'고 말하고 있다. 멋진 표현이다. 깊은 생각을 하며 마음조차 흔들리게 하는 봄비, 또독또독 걷다가 겅정겅정 흩날리는 봄비, 한 줄기 흐름으로 상념 다 비우려 하는 봄비, 바람결에 몸 맡겨 방울방울 소리 내고 있는 봄비, 그리움에 젖어 상흔이 남긴 강자욱 지우려 바다로 가는 봄비. 우리가 흔히 만나는 봄비에 대한 묘사가 신선하다. 시의 존재 이유를 말하고 있는 듯하다. 사색의 폭을 넓혀 주는 시를 만난 듯하여 기쁘다.

나무껍질 뚫고 찾아온
시작은 그렇게 아팠다

쉽게 물러나지 않던 꽃샘과
줄다리기에 머리가 지끈거렸다

매일 밤과 낮으로
겨울을 쟁기로 갈아엎은 뒤

봄을 하나 둘
정성스레 심었다

그 땅이 여기저기 피어나
봄꽃의 서막을 활짝 열어 놓았다

온 세상 사람들의 환호성
얼마나 기다리던 축제인가

가슴 벅찬 향기들
가슴을 뻥 뚫어 준다

꽃향기는 자장가였나
얼마나 곤히 자는지 몰라

잠자는 그 모습이
평화롭기만 하다.

- [삼월·2] 전문

이 시에서의 시적 화자는 삼월의 세계를 이미지로 그려

놓고 있다.

삼월이 되면, 입이 근질거린 개나리는 꽃자리를 볼록하게 올린다. 나비의 속엣말이 꽃자리에 닿자 벙글어진 꽃망울의 입술들. 우울한 겨울을 뚫고 봄볕을 긁어 모으느라 새들의 날갯짓이 바쁘다. 삼월이 다가오자 나무에게도 봄을 맞이하고픈 심경의 변화가 생긴 것일까.

시적 화자는 그런 심경의 변화를 '나무껍질 뚫고 찾아온/ 시작은 그렇게 아팠다'라고 말하고 있다. 뿌리 끝에서 품었던 그리움을 가지마다 피우는 게 쉽지만은 않았을 것이다. 꽃샘추위 속에서도 제 목숨 같은 색을 지키기 위해 밤잠을 설쳤을 것이다. 우울한 겨울을 쟁기로 갈아엎으며 손에 물집이 잡히고 허리가 무너져 내렸을 것이다. 그렇게 하나 둘 삼월은 온몸이 땀으로 피어나 눈빛 환한 봄의 서막을 열어 놓는다. 몸서리치게 아팠지만 나무껍질 뚫고 맞이한 삼월, 꽃샘추위와의 치열한 줄다리기, 밤낮으로 겨울을 쟁기로 갈아엎고 정성스레 심은 봄, 피어난 봄의 서막, 세상의 환호성, 가슴 벅찬 향기, 자장가 꽃향기 등이 가득한 세상, 너무나 평화스럽다.

삼월의 모습을 이미지 구현으로 시적 형상화해 놓아, 독자의 가슴에 저절로 봄이 스며들게 하고 있다.

숨가쁜 기적의 눈치 보며
그리운 사람들이 다 모여 있다

아픔 가위질하는 가슴까지
짓무른 옷고름 감추고

눈언저리에 솟아오른 눈물샘
말없이 터져 베갯잇 적신다

일어나라 일어나라
차마 헤어나지 못한 사랑아

애타는 심정이 뇌리에 스쳐
고운 미소 손잡고 선선히 일어나라.

- [병실에서] 전문

이 시에서의 시적 화자는 병실에서 만난 정경을 시적 형상화해 놓고 있다.

병실에 들어서지 않기 위해 일상은 버티고 버티었을 것이다. 쓸쓸한 시간에 점령당하지 않도록 일상의 하루는 부단히도 노력했을 것이다. 그 노력들이 물거품이 되고 이제는 기적의 눈치를 봐야 한다. 묽고 어둑한 병실의 얼굴로 통증을 참아야 하는 하루를 살아야 한다. 집으로 돌아가는 길을 회복하기 위해 주삿바늘에 찔려도 아픔을 솎아내야 한다.

그런 마음을 시적 화자는 '아픔 가위질하는 가슴까지/ 짓무른 옷고름 감추고' 있다며 말하고 있다. 삶과 죽음의 경계를 잘라먹는 병실에서 얼마나 많이 베갯잇 적시며 울었을까. 절망의 밤을 매만지며 추락하는 슬픔을 어찌 견뎠을까. 병실의 불빛만 가늘게 떨며 울음을 다독거렸을 것이다. 숨가쁜 기적의 눈치를 보는 사람들, 평소 그리운 얼굴들이 다 모여 있는 그곳, 아픔 가위질하는 가슴, 짓무른 옷고름, 눈언저리에 솟아오른 눈물샘, 차마 헤어나지 못한 사랑, 뇌리에 스치는 애타는 심정 등이 병실에 다 모여 있다. 이들이 간절히 바라는 건, 부디 환자가 고운 미소 손잡고 선선히 일어나는 것, 기적이 일어나 쾌유하는 것이다.

병실에서의 가슴속 정경이 그려져 있어, 매우 공감이 가는 시, 멋지다.

후두둑
흐린 표정으로
갑질하는 소리

다듬이질 소리와
뒤엉킨 채
후두둑

가슴속에 맴돌던
아스라한 얼굴
마음 두드린다

맨발로 뛰쳐나가
잔잔한 반올림으로
적막을 깨우며

설렁설렁 쌓을까
차곡차곡 쌓을까
인정 없는 이 그리움을.

- [밤비] 전문

이 시에서의 시적 화자는 밤비에 대해 촉각을 세우고 있다.

밤비만큼 센티한 게 또 있을까. 밤의 심장을 두드리는 그 소리, 고독의 귀를 트이게 하는 그 소리, 그리움을 깨우는 그 소리. 어둠을 껴입고 밤과 밤을 건너다니며 마음의 길을 잃게 만든다.

시적 화자는 그런 봄비를 '후두둑/ 흐린 표정으로/ 갑질하는 소리'라고 말하고 있다. 맞다. 갑질하는 소리다. 곤한 잠을 깨우며 어디선가 달려온 웅얼거림이 그리움으로 자리잡을 때까지 갑질한다. 밤비는 다듬이질 소리와 뒤엉킨 채 고독의 눈꺼풀을 열게 하고 적막의 눈을 뜨게 한다. 밤비만 내리지 않았다면 어둠에 젖어 잠들 수 있었을 텐데. 꼬깃꼬깃 접어두었던 기억 속에서 아스라한 그리움 하나가 툭 튀어나온다. 밤비 내리는 소리마다 그리움이 열린다. 까마득한 어둠 속에서 휘돌아 나오는 보고픔이 방울방울 맺힌다. 시적 화자는 그런 심경의 변화를 '설렁설렁 쌓을까/ 차곡차곡 쌓을까/ 인정 없는 이 그리움'이라고 말하고 있다. 멋진 표현이다. 이 시는 후두둑 흐린 표정으로 갑질하는 밤비, 다듬이질 소리랑 뒤엉켜 가슴속 그리운 얼굴과 어우러져 마음 두드리는 밤비, 맨발로 뛰쳐나가 잔잔한 반올림으로 적막을 깨우는 밤비를 꺼내 놓고 있다.

어느새 그리움이 되어 버린 밤비. 마치 황진이의 시심을 만난 듯하여 반갑다. 시는 이토록 마음의 세계, 감성의 세계를 그림처럼 포착해 놓는 예술품이다. 다채로운 감성의 세계, 섬세한 마음의 세상을 다각도로 만날 수 있어, 정말 행복하다.

계절은 쉼 없이 깊어만 가고
쇠잔한 들국화 펄럭이는
화신의 날갯짓

실구름 풀어지는 하늘
서걱거리는 빈 풀섶
숨소리조차 죽이는 고요

심쿵한 맥박 소리
풀잎 흔들흔들 가녀린 스침
님의 숨소리인가

햇살의 부드러움
속내 드러내는
코스모스 한들한들
퇴색한 님의 모습인가

이슬방울 촉촉이 뒹굴다
흙내음 안기는 저 빗소리
된서리 옆구리에 끼고
만추로 일어서는 끝없는 이야기들.

- [가을 연서] 전문

이 시에서의 시적 화자는 누군가에게 가을 연서를 보내고 있다.

시월로 접어들면서 초록 농사를 지었던 계절이 쇠락해져 간다. 귀뚜라미 소리에 귀를 헹구어야 한다. 빈집 같은 적막이 가을의 기둥을 감고 내려온다. 누구라도 저 적막에 쓸쓸함을 의지해야 한다.

시적 화자는 그 쓸쓸함 속에서 연서를 보내고 있다. 누구에게 보내는 걸까. 한때 심쿵했던 그 님에게 보내는 걸까. 코스모스길을 걸으며 가느다란 꽃대처럼 여린 마음을 숨길 수 없어 들켜 버렸던 그 시절에게 보내는 걸까. 흔들리며 흔들리며 사랑을 꽃피웠던 코스모스 같은 그날에게 보내는 걸까. '가을 연서'를 꾹꾹 눌러 쓰는 달뜬 마음이 엿보여 좋다.

그 달뜬 마음을 시적 화자는 '된서리 옆구리에 끼고/ 만추로 일어서는 끝없는 이야기들'이라고 말하고 있다. 끝없는 이야기가 님에게 닿았으면 좋겠다. 아니, 끝없는 이야기가 벌써 그 시절에 닿았는지도 모른다. 어쩌면 가을 자체가 연서인 것이다.

이 시는 쇠잔한 들국화가 바람에 펄럭이고, 풀섶은 서걱거리고, 숨소리조차 고요 속에 파묻히며 시의 문을 열고 있다. 펄럭임과 서걱임과 고요가 묘한 긴장감을 주고 있다. 풀잎이 흔들흔들 가녀린 스침이 님의 숨소리인 듯, 한들거리는 코스모스는 퇴색한 님의 모습인 듯, 흙내음 안기는 빗소리, 된서리 옆구리에 끼고 만추로 일어서는 이야기들, 이게 모두 가을 연서가 되고 있다. 섬세한 감성을 포착하여 펼쳐지는 묘사가 독자의 가슴을 촉촉이 적셔 주고 있다.

귀 쫑긋 세워
다가오는 마음의 디딤돌로
서 있습니다

완행으로 가다 멈춰 서면
보고픔이 가로질러
급행으로 가는 길목에서
마중 나올 듯 서 있습니다

손 내밀지 않아도

와락 반겨줄 듯

서 있습니다

가을을 마시고 취한 바람결처럼

한사코 길 배웅 나서려는 듯

서 있습니다

차갑지만 따뜻하게

서 있습니다

애타하다

잔잔한 호숫가에

온종일 풍선처럼 떠돌 듯

어느새 내 앞에 서 있습니다.

- [그리움·2] 전문

이 시에서의 시적 화자는 그리움의 세계를 그려놓고 있다.

우리는 저마다 그리움의 힘으로 살아간다. 부모는 자식이라는 그리움의 힘으로, 열정은 꿈이라는 그리움의 힘으로, 봄날은 꽃이라는 그리움의 힘으로 살아간다. 그리움은 맹목적이어서 갈등과 충돌로 얼룩이 져도 끝끝내 꽃을 피운다.

시적 화자는 그런 그리움의 맹목성을 '잔잔한 호숫가에/

온종일 풍선처럼 떠돌 듯/ 어느새 내 앞에 서 있습니다'로 말하고 있다. 그리움이라는 섬에 유배된다 할지라도 차마 혹독한 그리움의 계절을 버리고 갈 수는 없다. 그리움은 늘 더 큰 그리움을 낳기에 마음 시끄러운 봄날에는 더 아픈 것이다. 마음의 디딤돌로 서 있는 그리움에 귀 쫑긋 세우고 봄밤에는 밤새도록 귀기울이게 된다. 어쩌면 봄날은 어제의 그리움을 오늘의 그리움으로 바꾸기 위해 봄볕을 끌어모아 꽃을 피우고 있는지도 모른다.

이 시는 그리움을 다각도로 해석하고 있다. 보고픔이 봄날처럼 급행으로 가는 길목에서 마중 나올 듯 서 있는 그리움, 손 내밀지 않아도 와락 반겨줄 듯 서 있는 그리움, 가을바람결처럼 길 배웅 나서려는 듯 서 있는 그리움, 차갑지만 따스하게 서 있는 그리움, 온종일 풍선처럼 떠돌 듯 어느새 내 앞에 서 있는 그리움. 이런 그리움을 품을 수 있어서 행복한 시간, 매번 새로운 감성의 세계를 만날 수 있어 가슴 뿌듯하다.

잊을 수 없는 기억이 일어서는 날
보고픔 남실거려
그리움 머물고

강물은 소리 없이 흘러
가슴에 고여든다

입가에 마주한 햇살이 자리 틀면
머뭇거리던 설렘들이
오가는 길목에 은은히 내려앉는다

햇살결 입김이 무수히 지나친 그곳에는
매일 찾아오는 하루가 살고 있다

밀어들이 풍광에 절어
양념 버무린 채
바람의 이야기들을 채색하고 있다

음계들이 어설픈 순간들을 어루만지면
너울 구름에 휩싸여
초라하게 허리 굽은 겨울은
허기에 깜박 조는 가로등 아래서
뼛속으로 아려오고

삐꺽거리는 신호음 깨문 신음 소리는
마침표를 찍고 간다.

- [어떤 연주] 전문

이 시에서의 시적 화자는 어느 날 어떤 연주를 듣게 된다. 잊을 수 없는 기억이 일어서며 그 시절의 설렘을 연주한다. 그리움으로 시간의 현을 켜면 감미로운 선율의 콩닥거림이 들려온다. 그날의 순결한 자음과 모음들이 방언처럼 튀어나와 음표로 살아난다. 추억의 입술을 들여다보며 음계를 짚어본다. 이별과 함께 지워진 발자국들이 다시 돋아나고 갯내음에 씻겨 간 해조음이 다시 밀려온다.

시적 화자는 그리움의 그 마음을 '햇살결 입김이 무수히 지나친 그곳에는/ 매일 찾아오는 하루가 살고 있다'고 말하고 있다. 매순간 그리웠을 것이다. 아무리 외면해도 아무리 꽁꽁 묶어두어도 튀어나오는 그리움을 어찌할 수 없었을 것이다. 악장의 첫 장부터 마지막 장까지 모두 그리움으로 치달았을 것이다. 하지만 그리움의 바깥은 현실이기에 쓸쓸하다.

시적 화자는 그 현실을 '구름에 휩싸여/ 초라하게 허리 굽은 겨울', '삐꺽거리는 신호음 깨문 신음 소리'라고 말하고 있다. 그리움에 가닿을 수 없는 현실이 아프다. 이 시는 보고픔 남실거리고, 가슴에 소리 없이 흘러드는 강물, 길목에 은은히 내려앉는 설렘들, 풍광에 절어 바람의 이야기들을 채색하고 있는 밀어들을 그리움으로 해석하고 있다. 새로운 해석이 돋보인다. 낯설게 하기를 통해 보여주는 다채로운 세상이 멋져 보인다. 이런 싱그러운 표현이 시의 특질과 손잡고 있어, 매우 매력적이다.

연어 떼

은빛 가득
얼비치는 소리조차 물고 있다

묵힌 일상 풀고
활짝 피운 눈길들이
취한 듯 강변 걷는다

향기 피우며
눈인사 머무는 곳
향수 되어 나풀나풀

그리움도 뒹굴며
뽀송한 구름 몇 점
걸어 두고

노을빛에 젖은 사색은
사뿐사뿐
감동으로 스며 온다.

- [태화강의 봄] 전문

이 시에서의 시적 화자는 태화강의 봄을 수채화처럼 그려놓고 있다.

태화강의 물결 문장 위에서 완성되는 느낌표처럼 연어 떼가 가득하다. 솟구치며 얼비치는 소리마저 후렴구처럼 리듬감이 있다. 어떻게 태화강은 토씨 하나까지 달달 외우며 연어의 회귀를 완성시킨 것일까. 연어의 회귀가 태화강의 봄을 열고 있다. 연어의 긴 여정은 가장 오래된 태화강의 문서와 같다.

그 오래된 문서를 접하는 시적 화자의 느낌을 '활짝 피운 눈길들이/ 취한 듯 강변 걷는다'고 말하고 있다. '취한 듯'이라는 표현에서 태화강을 향한 사랑이 짙게 다가온다. 태화강이 키운 자식이 연어뿐일까. 우리도 그 강의 자식인 것을. 그런 사색들을 시적 화자는 '노을빛에 젖은 사색은/ 사뿐사뿐/ 감동으로 스며 온다'고 말하고 있다. 이 시는 연어 떼 은빛 가득 얼비치는 소리를 물고 있는 태화강의 봄을 노래하고 있다. 그 봄에 활짝 피운 눈길들이 취한 듯 강변을 거닐고 있다. 향기 피우는 눈인사 오가고, 향수가 나풀거리는 곳, 그리움 뒹굴고 뽀송한 구름 걸어두는 곳, 노을빛에 젖은 사색이 감동으로 스며오는 곳이 바로 태화강이요, 거기 싱그러운 봄이 안겨 있다. 시적 화자가 가장 좋아하는 태화강, 거기 찾아온 봄, 여기에 시심이 보태져, 아름다운 시를 잉태하고 있다.

먼 시간 여행 떠나며
발자국의 수채화 되어
애잔히 살아 숨쉬고 있다

생소한 이름 석 자
빼곡히 세월 머금고
손길 묻어 둔 추억이
눈망울 굴리며 누워 있고

변색된 종잇장 한 페이지씩
넘길 때마다
그리움의 진한 향기
남실 남실 피어오른다

낯익은 얼굴 밀려올 때마다
공허한 메아리는
바람 타고 밀려와
마음 담아 부지런 떤다.

- [낡은 수첩] 전문

이 시에서의 시적 화자는 자신의 곁을 지켜 주던 낡은 수첩을 꺼내놓고 물끄러미 바라보고 있다.

손글씨에 집착한 수첩은 다분히 보수적이며 느린 기억의 소유자다. 세월이 아무리 많이 흘러도 자신의 기억과 기록을 바꾸는 법이 없다. 그런 점에서 수첩은 보수적이다 못해 극우 성향을 지니고 있다. 어긋난 기억들을 확인하기 위해 수첩을 다시 펼치면 빽빽한 사연들이 깔끔하게 정리 정

돈되어 있다. 수첩은 수첩의 주인보다 더 깊숙한 내막을 알고 있다.

그런 수첩을 시적 화자는 '발자국의 수채화 되어/ 애잔히 살아 숨쉬고 있다'고 말하고 있다. 수첩은 '생소한 이름 석 자'를 가슴에 새기며 인맥을 관리한다. 이름 석 자와의 인연을 일정표에 매달고 수첩이 요구한 대로 일정에 맞게 만나러 간다. 그 이름 석 자와의 빼곡한 세월을 먹고 수첩은 자란다. 수첩이 낡아갈수록 인맥은 더 두터워지고 '손길 묻어 둔 추억'은 깊어간다.

이 시는 발자국의 수채화 되어 애잔히 숨쉬고 있는 수첩, 세월 빼곡히 머금고 손길 묻어 둔 추억으로 눈망울 굴리며 누워 있는 수첩, 변색된 종이 넘길 때마다 그리움의 진한 향기 피어오르는 수첩, 공허한 메아리 바람 타고 밀려와 마음 담아 부지런 떠는 수첩을 그리고 있다. 수첩에 대한 새로운 해석이 맛깔스럽다. 낯설게 하기를 통해 빚어지는 싱그러움, 새로운 각도의 바라봄이 독자들을 한층 성숙하게 해준다.

짚북데기 굴레에
지극 정성으로 쌓아놓은
얘기꽃

구수한 달래 된장국에

한 모금의 숭늉도
나눠 마시며

부뚜막의 가마솥
속살 드러내고
지칠 줄 모른다

문지방 너머로
몰래 들어온 햇살
사운대다 오롯이 호흡 맞추고

자연을 가슴에 담아
안으로 부푼 몸짓
소리 없이 다독인다

언제나 그 자리에서
어릴 적 추억
가득 매달고

어머니 한 생애 닮아
아직도 젖 떼지 못한 달빛
나래 치고 있다.

- [초가·2] 전문

이 시에서의 시적 화자는 고향집 초가에 대해 새로운 해석을 내놓고 있다.

박넝쿨이 올라간 초가 지붕엔 달빛이 내려와 쉬었다 간다. 밤이면 허공 보자기를 펼쳐 별을 담으며 옛이야기를 한다. 초가지붕 위로 삽살개의 개 짖는 소리도 올라오고 부엉이의 날갯짓도 올라온다. 그 지붕 아래서 시적 화자는 행복한 유년 시절을 보냈을 것이다.

그 시절의 행복을 '짚북데기 굴레에/ 지극 정성으로 쌓아 놓은/ 얘기꽃'이라고 말하고 있다. 형제 자매들과 나누었던 얘기꽃에 어머니는 보글보글 노을을 끓여 저녁을 준비했을 것이다. 심심한 부뚜막의 가마솥은 밥꽃을 짓기 위해 바빴을 것이다. 잔기침에 쿨럭이던 감나무도 밥내음에 기침이 잦아들었을 것이다.

자식들을 키우기 위해 툇마루에 봄을 끌어와 초가집을 지켰던 어머니. 그 어머니의 생애를 닮은 초가집. 지금도 눈감으면 짚북데기 굴레에 두런두런 얘기꽃이 피어나는 그곳이 바로 고향집이다. 구수한 달래 된장국에 한 모금의 숭늉을 나눠 마시는 곳, 부뚜막의 가마솥이 속살 다 드러내놓고도 지칠 줄 모르는 곳, 문지방 너머로 들어온 햇살이 사운대는 곳, 자연을 가슴에 담아 안으로 부푼 몸짓을 소리 없이 다독이는 곳, 어릴 적 추억을 가득 매달고 있는 곳, 아직도 젖 떼지 못한 달빛이 나래 치고 있는 곳. 이곳이 바로 고향집 초가다. 초가에 대한 낯설게 하기가 매우 신선하다. 시의 특질을

잘 갖추고 있는 시라서 더욱 감칠맛 난다.

선홍빛 휘감은 햇살결
가을 향기 담은 추임새에 자리 내밀고
성큼 떠나려 하네

버리지 못한
미련의 발자국 소리 남기며
저만큼 홀로 떠나려 하네

지친 사랑마저도 허기져
후미진 인연 저 멀리 달아나
생채기 난 추억 지우려고 떠나려 하네

적막의 혼돈으로 채색되어
아직도 벌겋게 닳은 문밖에서
때늦은 이별처럼 떠나려 하네

여운의 길 위에서 가슴 저미며
한여름 불들어 맨 채
그렇게 길바닥 쓸면서 떠나려 하네.

- [떠나려 하네] 전문

이 시에서의 시적 화자는 누군가 떠나려 하고 있어서 마음이 쓰인다.

사랑이 떠나려고 하는 걸까, 한여름이 떠나려고 하는 걸까, 아니면 가을을 빌미 삼아 인연을 뒤로하고 누군가 떠나려 하고 있는 걸까. 알 수 없는 이별이 가을의 길목에서 주춤거리고 있다. 제 몸을 부수며 뜨겁게 다가갔던 나날들을 쉽게 버릴 수 없어 망설이고 있다. 멀어져 가는 계절을 끝내 붙잡을 수 없어 안타까워하고 있다. 다시 다가가서 지은 죄가 많다며 용서해 달라고 애원하고 싶지만, 그리할 수도 없다.

시적 화자는 그런 마음을 '버리지 못한/ 미련의 발자국 소리 남기며/ 저만큼 홀로 떠나려 하네'라고 말하고 있다. 가을은 선선한 바람의 언어들이 앞다투어 공중으로 뛰어든다. 그 가을 바람의 언어를 한여름은 해독할 수 없다. 전속력으로 뜨겁게 달렸던 한여름의 문장들이 가을 바람 앞에서는 멈춰 서야 한다. 뜨겁게 숲을 베어 삼킨 한여름이 어찌할 바를 몰라 주저주저하고 있다. 가을 향기 담은 추임새에 자리 내밀고 성큼 떠나려 하는 선홍빛 햇살결, 미련의 발자국 소리 남기며 홀로 떠나려 한다. 생채기 난 추억 지우려는 듯, 적막의 혼돈으로 채색되어 떠나려 한다. 아직도 벌겋게 닳은 문밖에서 때늦은 이별처럼 떠나려 한다. 여운의 길 위에서 가슴 저미며 길바닥 쓸면서 떠나려 한다. 마치 연인이 떠나려는 듯한 분위기를 조성하면서, 떠나려는 여름을 안타까워하고 있다. 의인화의 매력이 한껏 느껴지는 시, 멋지다.

엊그제 태운 불꽃
채 가기도 전에
여운의 긴 끈이
자꾸 밟히며 따라온다

눈빛 붓대 하나로
그림 그리면서
눈꺼풀은 짓눌려 앞을 볼 수 없다
적막에 가린 얼굴 지울 수도 없다

폭풍에 날아가는 모랫바람 그 사이로
달리는 보고픔

그저 바람이
멈추기만을
기다릴 수는 없었다

가슴에 타오르는 뜨거운 불꽃
정녕 누가 끌 것인가

밀려오는 그리움
꽉 움켜 쥔다.

- [그리운 날] 전문

이 시에서의 시적 화자는 그리운 날에 대해 생생한 그림을 그리고 있다.

님이 버리고 간 그리움은 혹독하다. 혹독한 겨울 같은 그리움 속에서는 만남이라는 봄을 애원해도 봄은 오지 않는다. 조각난 기억에 매달리듯 오로지 뜨거웠던 그 시절만 숭배한다.

숨 쉴 때마다 그리움의 유전인자는 쓸쓸한 가슴을 들락거린다. 댕강댕강 잘린 이별을 잊은 것일까. 피골이 상접한 그리움만 멍하니 앉아 있다.

시적 화자는 그런 마음을 '엊그제 태운 불꽃/ 채 가기도 전에/ 여운의 긴 끈이/ 자꾸 밟히며 따라온다'고 말하고 있다. 이제는 그리움만으로는 결코 봄이 될 수 없다는 것을 알면서도 막연히 기다린다.

썰물처럼 인연의 손끝이 빠져나가도 그 손끝에 매달린다. 팅팅 부은 울음이 뜨거운 불꽃으로 타오르도록 매달린다. 그리움은 여운의 긴 끈이 되어 자꾸 밟히며 따라오고, 눈빛 붓대로 그려 보지만, 눈꺼풀은 짓눌려 있고, 얼굴은 적막에 가려 있다.

보고픔은 모랫바람 사이로 달리고 있고, 가슴속 뜨거운 불꽃은 아무도 끄지 못한다. 그래서 밀려오는 그리움을 꽉 움켜 쥘 수밖에 없다. 이게 그리운 날에 찾아오는 내면의 정경이다.

평상시에 미처 포착할 수 없었던 세계를 시는 이토록 실

감나게 이미지로 보여줄 수 있다. 그걸 입증해 주는 시라서 더욱 매력적이다.

이처럼, 배종숙 시인의 시들은 일상에서 느낀 감성의 세계를 시의 특질 속으로 끌어당겨 시적 형상화해 놓고 있다. 특히 이미지 구현을 위해, 입체적 이미지리를 밑바탕에 깔고 있다.

8감각, 즉 미각, 시각, 청각, 후각, 촉각(냉감각, 온감각), 기관감각, 근육감각의 입체적 배치를 통해, 보다 선명한 이미지를 시 전반에 깔아놓고 있다. 그리고, 사물에 대한 새로운 각도, 새로운 시선, 새로운 해석을 내놓아, 낯설게 하기의 초석을 깔고 있다.

이런 표현기법 위에 섬세한 감성, 감동적인 감성, 다채로운 감성 등을 포착하여 시적 형상화하는 데 심혈을 기울이고 있다.

때로는 의인화, 때로는 점층법, 때로는 리듬 등을 깔아놓아, 변화 주는 시, 지루하지 않는 시, 독자의 눈길을 사로잡는 시로 빚어내고 있다. 무엇보다도 삶의 의미를 웅얼이게 만드는 전율까지 이끌고 있어, 독자들의 눈시울을 촉촉이 적시게 하고 있다.

앞으로 제3, 제4시집도 기대가 된다. 나이 들어 팔순이 넘어도 시심과 함께하여, 꾸준히 시 창작을 해나가며, 때가 되면 시집으로 발간해 가며 살아가길 소망해 본다.

시 창작이 중단되지 않고 쭈욱 이어져 마지막 순간까지 시심과 열정 가득한 여생을 꾸려 가리라 믿는다. 늘 건투를 빈다.

— 청아한 하늘, 금빛 너울대는 시심 그 속에서

한실문예창작 지도 교수 박덕은 작가

(문학박사, 전 전남대학교 교수, 문학평론가, 시인, 소설가, 동화작가, 사진작가, 화가)

작가의 말

새해가 왔어도 코로나19 전염병은 여전히 진행 중이다. 이태원발 비보는 해를 넘겼어도 우리를 더 슬프게 만든다. 여러모로 슬픈 일상이 되어버린 나라가 어수선하지만 그래도 세월은 가고 계절도 움직인다.

얼음이 녹아 강물이 다시 힘차게 흐를거고 봄은 또다시 예쁘게 피어 날 것이다.

시를 허리춤에 매달고 외출한 길에서 먹이를 쪼고 있는 비둘기 한 쌍을 보며 허탈한 일상을 잠시 위로받는다.

남들보다 복이 많아 다행히 건강하다. 일상의 행복함에 젖어 시간 가는 줄 모르고 살고 있다. 부족하지만 머릿속을 스쳐가는 영감을 노트와 연필에 의지해 끄적거려 온 저의 글을 세상에 내보내려 한다. 제 글 속에는 노랑나비의 사랑도 있고 까치들의 우짖는 소리도 갸웃거리며 떨어지는 낙엽의 하소연 소리도 시라는 거름망에 올려놓았다. 이런 모든 것들을 시심의 열기로 받아쓰기 했다.

오늘도 자연 속에서 사랑과 인내를 배우며 마음 소통으로 하루가 저물어 간다. 시를 쓰는 시인이라 하기엔 턱없이 부족하다. 다만 눈물 흘리고 해맑은 웃음 지을 줄 알며 내일을 내다보는 생각들이 많다.

부끄럽고 내세울 게 없는 자신을 돌아보며 생각해 보는 이 시간이 감사하다. 제2시집을 펴내며 새롭게 용기를 얻어 본다.

김치찌개를 끓일 때마다 나오는 맛깔스런 내음이나 그 어떤 향수보다도 향이 풍기지는 않을지라도 시집 속의 시, 그 향기의 그윽함에 취하고 싶다.

겸손과 미덕을 바탕으로 채찍과 격려를 아낌없이 내준 박덕은 교수님에게 감사드린다. 용기를 북돋아 주는 사랑하는 나의 가족에게도 고마움을 전한다. 제 글을 아낌없이 성원해 준 여러분께도 감사드린다. 제2시집이 디딤돌이 되어 더 열심히 노력하겠다. 아름답고 더 수준 높은 작품을 창작해 나갈 것을 약속 드린다.

— 시심 피어오를 새 봄을 기다리며
시인 배종숙

祝詩

시인 배종숙

박덕은

산호초 동굴에서
만난 심성
착하게 자라
나래를 폈다

조용하면서도
나긋나긋
의지의 성장기 거쳐

강가에
시심의 동산 세우고
시 물고기들을
건져 올렸다

봉사와 일터 오가며
따스한 감성을
나눠 주다가

달빛 퇴근길에서
한 발 한 발
시의 신호탄을
쏘아 올렸다

정의 손길 위해선
먼먼 거리도
한달음에 달리는
의리의 여심

오늘도 변함없이
순수와 열정
그 어디쯤에서

지고지순한 사랑으로
창작의 노래
알뜰히 꽃피우고 있다.

차 례

2장 — 유월의 노래

3장 — 첫사랑

4장 — 그리울 때면

아버지의 강

제1장

커피 한 잔

능소화·1

휘어 둘린 골목길 담장 밖
한 여인이 발길 잠시 멈췄다

야심 찬 바람이 지나간 자리
한 심장이 툭 떨어진다

길바닥에 나뒹굴어도
배짱은 두둑이 솟구치고
골목길 전세 낸다

어느 호기심쟁이가
요리 보고 저리 보고
눈 점 찍는다

발그레진 얼굴에
노란 세 개의 치아
목젖이 수줍음의 베일에 가려져 있다

매일 설레발치는 이곳을
드나들 때마다 요정으로 변신해
수십 분을 갈이하자고 조른다

바람에 굴러다니다
흔적조차
없어질 때까지.

능소화·2

행여나
그대가 오실까
향기로 귀기울여 봅니다

바람 불면
가슴 조아리며
낮추고 낮춥니다

뜨거운 열정으로
온종일 기다리다
연서만 길 위에
빼곡히 늘어놓습니다

치맛자락엔
흐드러진 장맛비만
저리 눈시울을 붉힙니다.

당신

여명이 대지에서 올라올 때
밀려오는 생각 한 줌
거기에 머물고 있는 그리움

별을 사랑하듯
애타하는 마음에
삶의 빛 되는 가슴속 태양

멀리서 가까이서
바라보고 지켜 주는
아련한 느낌의 등대

언제나
추억 속에서
깨달음을 주는 깃발

한결같이 그 자리에 서서
푸르름 덧칠하는
향기.

가을 연서

계절은 쉼 없이 깊어만 가고
쇠잔한 들국화 펄럭이는
화신의 날갯짓

실구름 풀어지는 하늘
서걱거리는 빈 풀섶
숨소리조차 죽이는 고요

심쿵한 맥박 소리
풀잎 흔들흔들 가녀린 스침
님의 숨소리인가

햇살의 부드러움
속내 드러내는
코스모스 한들한들
퇴색한 님의 모습인가

이슬방울 촉촉이 뒹굴다

흙내음 안기는 저 빗소리
된서리 옆구리에 끼고
만추로 일어서는 끝없는 이야기들.

요양병원

유난히 빛나던 별 하나
봄별의 유희 아래 조각난 흔적
자유롭고픈 심혼의 꿈틀거림
아지랑이로 피어오른다

기나긴 여정
멈춰 버린 꿈 하나
발길도 머물러 서 있다

희미한 눈시울이 허공 맴돌다
천장 바라볼 때면
빼꼼히 스치고 가는 추억들
애틋이 거울 속에서
고개 내민다

세월이 흘러 왜소했던 모습
우물 안에 가둔 생각들을
몰고 온다

연분홍 봄바람 따라
정겨운 웃음소리로
색깔 다른 사연 다듬어
한 올 한 올 풀어낸다.

삼월·1

새옷 입은 봄처녀
나풀나풀
마당가에 내려앉는다

풀잎 머리에 이고
창가에 살포시 다가와
가슴으로 와락 껴안는다

그 뉘를
찾아왔는지
발길 바쁘다

하얀 구름 너울 쓰고
기다리는 길목
설렘 가득 품고 있다

매화 꽃봉오리
부시시 눈치보며

보송보송 어릿광대 밀어 올린다

낮게 엎드린 민들레
지그시 감은 눈으로 기지개 켜는 날
흙내음도 작은 불씨 하나 건지려
봄맞이 간다.

삼월·2

나무껍질 뚫고 찾아온
시작은 그렇게 아팠다

쉽게 물러나지 않던 꽃샘과
줄다리기에 머리가 지끈거렸다

매일 밤과 낮으로
겨울을 쟁기로 갈아엎은 뒤

봄을 하나 둘
정성스레 심었다

그 땀이 여기저기 피어나
봄꽃의 서막을 활짝 열어 놓았다

온 세상 사람들의 환호성
얼마나 기다리던 축제인가

가슴 벅찬 향기들
가슴을 뻥 뚫어 준다

꽃향기는 자장가였나
얼마나 곤히 자는지 몰라

잠자는 그 모습이
평화롭기만 하다.

겨울 아침 정경

깨어 있는 자동차 소리에
까치들의 합창이
푸드득 주문을 왼다

길 조심 전염병 조심
명언처럼 꺄악 꺄악 까까
수없이 반복해서 날아든다

시린 바람
온몸으로 껴안는
패딩 깃털도
살그머니 웃고 있다

해마다 이맘때쯤
채우지 못한 반성으로
새해에는 사랑 품고 베풀며
채울 수 있다는 걸 알기에

버스 정류장의 첫 출발은
잿빛 하늘이어도 아궁이에 불 지피듯
가슴은 모두 활활 타오르고 있다.

병실에서

숨가쁜 기적의 눈치 보며
그리운 사람들이 다 모여 있다

아픔 가위질하는 가슴까지
짓무른 옷고름 감추고

눈언저리에 솟아오른 눈물샘
말없이 터져 베갯잇 적신다

일어나라 일어나라
차마 헤어나지 못한 사랑아

애타는 심정이 뇌리에 스쳐
고운 미소 손잡고 선선히 일어나라.

세상에 한 사람뿐인 진짜 글쟁이

어쩜 좋아요
병실에서도 끼 휘감고
링거에도 못 본 척
스르락 스르락
불 지옥같은 아픔을 정화시키며
온몸으로 사리는
영혼의 불빛

어쩜 좋아요
외로움 보듬고
모진 풍파 부딪히며
가슴에 아리는 시어들
빙그레 미소 지으며
봄빛처럼 빚어내는
낭만 시인.

커피 한 잔

이렇게 비가 오는 날
창가에 기대어 마시는
따뜻한 신비의 묘약

유리창 쓰다듬는 빗줄기
지난날 정겨운 손길 되어
들고 있는 잔을 더 꽉 쥐게 한다

한 모금 천천히 입안에 넣으면
온몸에 퍼지는 저 따스함
저절로 나오는 미소

커피향은
자꾸 가슴으로 파고드는
보고픈 이의 향기

목 안으로 삼킬 때는
첫마디 꺼내기 어려웠던

첫사랑의 고백

지그시 감은 눈앞으로
희미한 얼굴이
빗소리와 함께 찾아온다

오늘처럼 비가 오는 날이면
나만의 지난날과 함께할 수 있는
빛 좋은 블랙 한 잔이 좋다.

초겨울 답사

북풍은 닫힌 창 두드리고
낙엽은 길 잃고 산기슭에 날린다

백일홍 마른 줄기 봄날의 흔적
호화스런 나비는 자취 감추었다

나목은 골짜기에서 휘파람 불고
푸성귀 뒤지는 노루의 눈 애처롭다
차갑게 식은 바위 등걸인 양

흰 눈은
그 위에 또 쌓일까
걸음마다 낙엽 바스락 소리

밀목 사이 초동의 하늘
지난날 아름답던 시절
아련히 하늘 저 멀리
차디찬 구름 한 점 흩어지고 있다.

낙엽

속마음에
젖은 가슴
따스하다

허기진 삶에
살가죽
다 내어 주고

얽힌 거미줄로
떨어지는
알몸

애타는
사랑 앞에서
불꽃이 피어나고 있다.

가을 요정

추억 어린 교정 모퉁이에
한 여인이 드러누워
가을 깃털 불러 모아
고백을 띄우고 있다

바람결에 스르르
빨강 노랑 비비적거리며
파병들이 줄지어 선다

과거를 더듬어
깊숙이 파고든 손끝의 설렘
수줍게 들썩이기 시작한다

풍성했던 지난날의 그리움
노닐다 간 계절의 애처로움
주마등처럼 뇌리 스쳐간다

은은히 되살아나는 향기

아련한 등불 된 사랑
불 밝히며 소리 없이
귀기울이고 있다.

나의 꿈

휘감긴 바람들이
철썩이는 파도인 양
한몸 되어 하늘까지 닿는다

그 모습
신기루처럼
눈빛 사로잡아

깊은 저 바다에
별꽃 되어 뜬다
더 높게 더 낮게
마지막 한 걸음까지
애태우며

하늘 위해
지치도록 춤춘다고
하루가 의자를 내민다

땅끝에서 바다 끝까지
길게 날아오더니
간절한 마음 모아
크르릉 크르릉

자리 하나 비워 두고
햇살 동산 넘는다

풍경 너머로 먼길 돌아온
여백을 밀쳐놓고

한나절 허기가 돌면
긴 활주로 베개 삼아
여정을 푼다.

야강 시인 윤창석

어쩌나
걸림돌에 넘어진
저 애처로운 눈빛

가시는 길에 모아둔
철학 보따리도
등짐 지고 가소서

미련일랑 남거들랑
여기 저기 휘날리는 시심
읽는 이의 길잡이 되소서

귀천에 함께하는 문인들 있거들랑
두 손 부여잡고 켜켜이 쌓인 억장
선홍빛 꽃으로 물들이고 가소서.

정지용 시인

세상 속에 흩어진 옷자락
잿빛 상흔 가슴에 담아
충성 다 바쳐
다소곳이 다가선 님

영롱한 아침이슬 총총 모아
그리움 흠뻑 적시며 맞이하니
꽃들이 만찬이다

한없이 젖어드는 보고픔은
영혼에 박힌 시련 달래고
의젓이 세운 호미날은
비루한 향수 그린다.

산책

차가운 해 기우는 하늘
산그림자 길게 늘어져
검은 솔숲 별빛
아득하다

머리말 성현의 말씀
언제 들리려나
봄은 먼데
세상 잡음 여전하다

괴질은 문고리 걸어 잠그고
목련 봉오리조차
침묵하는 창가

칼바람 눈꽃 속에서도
힘 실어 어영차
목청껏 불러 보는
그리움의 노래

마음만 지향 없이
새벽하늘 망상 달래며
고단했던 하루 씻고
길 나선다.

어느 정경

오래도록 웅크린 길목에
눈 부릅뜬 가로등
애처로운 불빛으로 호소한다

어슬렁거리며 들어서는
길 잃은 황구 한 마리
초점 없이 쓰레기 더미에
머리통 들이대 쑥덕거린다

애지중지 귀염 받던 시절이
그리워서일까

추억의 일기장에 한 방울 눈물
주르륵 흘러내린다

처량한 그 모습에
지나치는 나그네도 허허로워
주머니 속 동정심 만지작거린다.

비꽃*

하늘에 유유히 비치는
달의 호수
구름 벗어나 도시를 거닐다
안식처인 양 머문다

처연히 핀 백일홍
감성의 흔들거림이
바쁘다

적막한 밤 홀연히 잠 깨면
어디선가 귀또리 소리에
심신은 맑다가 울적인다

또다시
후두둑 쏟아지는 빗소리에
가슴으로 전해지는 선율
사랑을 그린다.

---

*비꽃; 비 한 방울 한 방울

아버지의 강

산들바람 불어오면
강으로 간다

잠 덜 깬 황토 깨워
깻묵, 밥알로 버무리며
휘파람 소리 꾹 눌러
밀밥 주머니에 넣는다

낡은 자전거에
낚싯대 올리니
마음은 저만치 대어 만난다

조각배에 가부좌로 앉으면
걸어 둔 낚싯대에 먼 강 돌고 돌아
몰려드는 고기떼
겨우 붕어 한 마리 걸려든다

앞산 그늘 앞마당에 내려오면

낡은 자전거는 강을 싣고
옹이진 손끝 마디마디 비늘 돋쳐
놓고 있다.

님을 부르렵니다

꽃길 걸으며
뭉클함으로

향기 따라 응석 부리며
애교스럽게

속삭이는 말소리가 너무나 고와
설렘으로

검고 짙은 속눈썹 뒤
감춰진 슬픈 눈빛으로

못다 한 사연들이
세월의 무게로 짓눌려도
비릿한 추억 한 소절로

가슴속 묻은 추억
그 깊은 초록으로

살그랑 살그랑 바람 윙크하듯
흥 돋은 목소리로

멀고 먼 질주의 시간에도
꿋꿋이 일어서서

천년의 바위 밑에
하얀 화석이 될지라도
애틋한 그리움으로.

청소

신나게 먼지 털어내고
즐겁게 닦는다

추억들이
걸어 나온다

받쳐 준
슬픔의 다리 닦았더니
고맙다고 인사한다.

기다림

언제나 빛바라기 되어
마음 한곳에 머문다.

제2장

유월의 노래

하늘에 오르는 여행길

울긋불긋
낙엽은 저리도 고운 하루 입고
차가운 계절도 마다않고
힘찬 하루 견딘다

어찌하여 여린 마음에
생명 지키지 아니 하려고
발버둥치는가

지나온 생이 호강에 겨워
쏟아내는 한 맺힘이
그 길뿐이었나

가 보지 못한 초행길
문앞에서 서성이다
너의 생은 모질게도
그 끈의 이음줄이
동아줄 아닌

단단한 쇠줄이었나 보다

여보게
세상이 평탄하지 못하여
꼭 가야 할 길
한곳만 바라보았나

험하고 가파를지라도
부디 저 하늘의 뜬구름처럼
실실이 풀어헤쳐
한세상마저 즐기고 가세나

눈앞에 행복으로 날갯짓하는
청순한 비둘기 닮아
아직 걸어 보지도 못한
흐뭇한 세상의 앞길
함께 걸어 보세나

눈망울 적시며 바라보는
주위의 섬세한 배려 잊지 말고
죽었다 깨어난 그 명에 감사하며
마음에 새집 짓고 한가로이 거닐어 보세나.

꽃잎

품안에 소롯이 맺힌 사랑가
갓 태어난 연둣빛 길 잃을까
허리춤에 매달고 써 내려간 연서

시린 코끝에 머무는
그리움의 애틋한 길목에서
겨우내 아픔을 참고 참아

춘풍에 입맞춤하며
수놓는다
된서리에 떨림 있는 날에도

보일 듯 말 듯 설렘의 가슴발은
여전히 타오른다
움트는 속살 여닫고 있는 날에도.

몽돌

거친 물결이 가슴 찔러 오면
각진 모서리에 몸뚱이 아플세라
사그락 사그락

서로 맞댄 정겨움
옹알이하는 파도에 미역 감아
갓 잡아 올린 생선의 비늘처럼
윤기가 흐른다

살아온 날들이 힘들고 아팠어도
금빛 노을에 형형 색깔을 연출하며
감춰뒀던 생의 무늬들이 날갯짓한다

어느새 밀물과 밀어 나눠 사랑 피우고
고른 숨결로 춤을 추면
보석이 되는 꿈 알 수 있다고
바다는 말한다.

대추

동그란 얼굴
파란 잎

조상은 높고 높아
제삿상 윗자리
차지하고

잎 뒤에 숨은 겸손
대대로 이은 미풍

가을비 씻은 피부
수줍어 볼 붉히면

언젠가 혼자 떠날
적응해야 할 운명

오늘의 준비 앞에
안에서 터지는 성장

가을이 온다
내일의 시간 뒤에

아담한 진실의 선혈을
심는다.

하지

저리 굵게
보리 익어 가는 소리
톡톡
여름을 부르고 있다.

집에 가는 길

저 해가 지기 전에
낭만도 즐거움도
길 위에 늘어 놓는다.

찔레꽃

바람의 품새에
문득 깨어나
밀려오는 그리움에
귀기울인다

넝쿨마다 사랑 흘려
어둠 속 별빛 내려앉으면
목마른 갈증에 시달려

더 높아진 하늘
풀벌레 소리
목청 놀이에 철든다

살며시 와 닿은
그대의 하얀 웃음
어김없이 찾아온다

때마침

마주한 그대 눈망울에

애틋한 연정이 일렁인다.

약속

잿빛 하늘
무거울 때면
밤새 설잠 친다

첫눈 오는 날
만나자고 한
그대

창가 바라보니
먼동은 아직
은빛으로 일렁일렁

지붕에도
울타리에도
오랜 그리움이 소복 소복

반가움에 달려나가
장독대 위에 손도장
찍어 본다.

그리움·1

천년 만년
홀로 꽃피우며
제자리에 서 있다.

그리움·2

귀 쫑긋 세워
다가오는 마음의 디딤돌로
서 있습니다

완행으로 가다 멈춰 서면
보고픔이 가로질러
급행으로 가는 길목에서
마중 나올 듯 서 있습니다

손 내밀지 않아도
와락 반겨줄 듯
서 있습니다

가을을 마시고 취한 바람결처럼
한사코 길 배웅 나서려는 듯
서 있습니다

차갑지만 따뜻하게

서 있습니다

애타하다
잔잔한 호숫가에
온종일 풍선처럼 떠돌 듯
어느새 내 앞에 서 있습니다.

그리움·3

가까이서 멀리서
살그랑 살그랑 맴돌다
어느덧 눈가엔 그대 모습

봄의 문턱에서 들켜 버린
추억의 꽃봉오리
돌돌 말아 올린 붉은 가슴
그 빛깔들을 시샘하듯 앞세운 채
물구나무 서 있다.

자정에

긴 밤 서성일 때
누군가의 두드림에
적막은 깨어난다

밤의 고요 속
후끈거리는 시간이
나를 깨우고

살며시 마주앉은
이 밤은
숨죽여 바라본다

허기진 정염에
심장은
섬광처럼 달린다

허공 날지 못하는 육신은
감미로운 추억에 젖어
그리움만 다독인다.

백일홍

백 일만 꽃 핀 탓에
이름 붙여진 꽃송이
입술 언저리에서 내뿜는 저 향연
아침 출근길에 손 내밀어 말문 연다

열기 가득 풍기는 햇살
온몸으로 받아
두 손 모은 채 배롱배롱

헐떡이며 가누는 마음에
한 자락 습한 바람도
더웁다

지나가던 새들이
가지 끝 후드득 밟고 떠나가니
아픔의 가장자리 손끝으로 짚어 가며
마구 방망이질해 댄다

백 일 지난 날 밤에는
먼 하늘 바라보며 비워 둔
가슴마저 유난히 무겁다.

유월의 노래

쓸쓸한 들풀들이
처음처럼
촉촉이 들어앉으면

아린 가슴 쓰다듬던 고요
풀잎의 바람처럼
하늘 언저리 스치고 간다

외로움 가득 휘감아
도랑물처럼
재잘재잘 흘러가며

떠도는 구름 품에
구구절절
사연 담는다.

대파

골골마다 푸르름
겨우내 삭풍 떨쳐내고
더 오르고 싶어
하늘로 치솟았구나

매운 삶도 팔자려니
새하얀 몽오리 받쳐들고
놓지 못하는 끈 하나
햇살에 만취하여
쓰린 고통 넘고 넘는다.

어떤 연주

잊을 수 없는 기억이 일어서는 날
보고픔 남실거려
그리움 머물고

강물은 소리 없이 흘러
가슴에 고여든다

입가에 마주한 햇살이 자리 틀면
머뭇거리던 설렘들이
오가는 길목에 은은히 내려앉는다

햇살결 입김이 무수히 지나친 그곳에는
매일 찾아오는 하루가 살고 있다

밀어들이 풍광에 절어
양념 버무린 채
바람의 이야기들을 채색하고 있다

음계들이 어설픈 순간들을 어루만지면
너울 구름에 휩싸여

초라하게 허리 굽은 겨울은
허기에 깜박 조는 가로등 아래서
뼛속으로 아려오고

삐꺽거리는 신호음 깨문 신음 소리는
마침표를 찍고 간다.

사랑하고 싶습니다

별이 떠 있는 작은 언덕에서
당신의 하얀 손을 잡고 싶습니다
하늘이 슬픈 날에는 비가 되어
당신의 가슴에 스미고 싶습니다

마음이 추운 날에는
따스한 불이 되어
생에 단 한 사람 당신을
정말 사랑하고 싶습니다

이 한목숨 다하도록
당신만을 지켜 가며
다솜다솜 살아가고 싶습니다

목숨 다하여 쓰러지는 날
당신을 사랑하여 살 만하였다고
말하고 싶습니다

훗날 새봄이 오면
아름다운 꽃향기 속에서
당신을 지금껏 사랑했다고
고백하고 싶습니다

애틋이 하늘의 손 잡고
이 세상에서 가장 빛나는
그런 사랑 하나 얻고 싶습니다

하늘의 노래 들으며
자연의 마음 읽으며
당신이란 사람 하나
가슴에 꼭꼭 채우며 살고 싶습니다

둘이 함께 있고 싶습니다
따뜻한 당신의 가슴에
가장 고운 정 하나 새기고 싶습니다

이 세상 다 태워도
어둡고 시린 가슴끼리 부딪쳐
뜨거운 불빛이 되고 싶습니다.

여인아

진달래 철쭉 수다떨다
온천지 바람났나
봄바람이 소문내는 팔랑귀에
곁눈짓 보내는
여인아

상앗빛 목련이 떨어지면
그리움도 따라 소롯이 떨어질까
마음 졸이는
여인아

그 향기
가슴 붙들어 맨 채
불그러진 달빛 속의
여인아

속마음 감춰 두고
어쩌지 못해

불면에 떨고 있는
여인아

깊이 없는 말들을 퍼 날라도
말줄임표로 서서
저만의 삶을 가꿔 가는
여인아.

우리집 한가위

달이 없다
어둠 헤치며 찾아본다
구름 말아놓고 나뭇가지도 꺾어 가며
사이 사이 더듬는다
오늘 꼭 오겠다는 약속도 더듬는다
검지손가락 걸고 붉은 팥 넣으며
송편을 빚는다
별들마저 숨어 버린 캄캄한 밤하늘
홀로 슬피 우는 소리만 추적추적
모싯잎 위에 송편도 차갑다
눅눅한 바람 찾아오고
갈 길 잃은 귀뚜라미도 찾아오고
정착 못하고 떠돌이로 사는 큰오빠도 찾아오고
고향에 못 가서 미안하다는 동생의 전화 목소리도
찾아오는
참 슬픈 날 달도 별도 우는 날.

봄 소리

날개 단 듯
돛 단 듯

바람으로 찾아오는
그 얼굴 그 치마

오늘도 졸졸졸
어디쯤 걸어오나.

가을비

살갗 적시며
촉촉이 타오르는 음률

거니는 길목에
추억을 그리며 더듬더듬

낙엽이
부스스 앉았던 자리

풀벌레들
시샘에 몸 달아 현악기 된다

푹 파인 상처 위를
말갛게 씻어내다가

목마름 달래려 고개 든
멍든 상처 감싸 안고

애상에 젖어
거친 숨소리 헹궈내며

그대에게 가는
가을의 가슴 위를 걷는다.

여수 바다

산그늘 질어 오고 해풍 자락 거세지면
물개 머리처럼 까만 몽돌들이
짜그락짜그락 뒹군다

어둠 속 고깃배 위에서
그물 자락 당겼다 놓았다
빈곤한 의식 어루만지며
미래를 위해 기다림 메우고 있다

숨을 가다듬으며 꼬리 물고 철썩철썩
오색 찬란한 노래 하나둘
정겨움 심는다

온몸 휘감고 쓰러지는
해수의 손짓에
달은 똬리 틀고 앉아
파랗게 취해 있다

수많은 인연으로
눈빛과 코끝 간지럽힐수록
진하게 풍겨 오는 여운이
오늘도 하얀 밤을 맴돈다.

봄바람 · 1

꽃 피는 매화 가지
흔들다 말고 떨고 있다

산 넘어 푸드덕 나는 꿩 소리에
놀라 들썩거린다.

봄바람·2

청솔가지 뒤흔들다
가지 끝에 매달려
행여나 들킬새라 조마조마

고개 내민 꽃봉오리에 쉬어 가다
굽이굽이 돌고 돌아
발이랑에서 귀 세운다

둥둥 떠가던 흰구름 따라
한눈팔다 기우뚱 흔들리다
매화 꽃잎에 밑줄 쳐 채색한다.

태화강의 봄

연어 떼
은빛 가득
얼비치는 소리조차 물고 있다

묵힌 일상 풀고
활짝 피운 눈길들이
취한 듯 강변 걷는다

향기 피우며
눈인사 머무는 곳
향수 되어 나풀나풀

그리움도 뒹굴며
뽀송한 구름 몇 점
걸어 두고

노을빛에 젖은 사색은
사뿐사뿐
감동으로 스며 온다.

제3장

첫사랑

나의 사랑 독도

독도의 푸른 파도 소리
그 호령의 짱짱함
들어보았는가

세월을 경직시킨 채
솟아오른 독도의 돌섬
동도 서도
산천 바다의
역사 수레바퀴는
오늘도 여전히 변함없다

겨레의 심장을 터뜨려
아침 햇살 찬란히 빛나며
함성을 울렸다

민족의 펄럭이는 숨소리 요란해도
우리는
침착한 고요로 자극을 절제하고 있다

지증왕 13년 이사부 장군
독도 점령의 포효와
독도를 사랑하는 울컥임

신라에서 오늘날까지
조용한 핏줄의 흐름에
엄정하게 귀기울여야 하리

동방의 해 뜨는 섬 독도
그 뛰는 심장의 파동
들어보라는 저 외침

야생화 바위 틈새 꽃향기 날리는
해룡과 천신의 두 웃음빛
저리 그늘지지 않는다

독도는
신성한 우리 땅
그 영혼을 끝까지 사수하리

생명이 끊이지 않는
평온한 강치와
물개의 숨소리까지도.

첫사랑

그때
그 자리

그리움에 맴돌다
봄향 가득 물던 자리

살랑 살랑 애틋함
휘날리던 그 자리.

눈비

고이 잠들다
화들짝 놀란 그리움

하얗게
문밖을 나서네

여전히
할 말은 태산 같은데

간지럼 태우는 속삭임에
흥건히 앞서는 설렘만 가득.

와이리 꼬이노

펄펄 날던 용기도 때가 있는가
풀죽은 적삼마냥 기가 팍 꺾이고
지나가던 개도 모른 척한다

아침에 가린 해가 얼굴이라고는 원
꼴쌔 한 번 보기 어렵구나
앙상한 나뭇가지에 숨을 데도 없는데
저리 버티는 건 무슨 배짱인지

살다 살다 첨 보는 꼬라지
오늘은 어째 뭔 일이라도
한바탕 벌어질 것 같은데
오냐 그래 어디 두고 보그래이
내일은 해가 서쪽에서 뜰끼다.

낡은 수첩

먼 시간 여행 떠나며
발자국의 수채화 되어
애잔히 살아 숨쉬고 있다

생소한 이름 석 자
빼곡히 세월 머금고
손길 묻어 둔 추억이
눈망울 굴리며 누워 있고

변색된 종잇장 한 페이지씩
넘길 때마다
그리움의 진한 향기
남실 남실 피어오른다

낯익은 얼굴 밀려올 때마다
공허한 메아리는
바람 타고 밀려와
마음 담아 부지런 떤다.

연민의 노래

여린 목련잎에
바람이 지나간다

산수유잎 그늘에는
햇발이 반짝반짝

더욱 고와지려고
꽃은 지고 그 빈자리에
이파리 돋는다

외딴 봉우리 송홧가루
개울에 떠내려가고
그대 손길 그리운 냉이
꽃대 키 잰다

꽃그늘에서
편지 쓰면서
'4월의 노래'

불러 본다

올해도
설레다 만 4월인가
가로수 따라 아린 봄
연둣빛으로 물들어 간다.

봄비·1

온종일 애쓴다
무슨 생각이 저리 깊은지
마음조차 흔들린다

또독또독 걷다가 뛰다가
무슨 생각이 저리 고고한지
겅정겅정 흩날리고 있다

출렁이는 초록 물결 품으려
한 줄기 흐름으로
그 상념 다 비우려 하는가

바람결에 제 한몸 맡겨
방울방울 소리 내고 있다

그리움에 젖어
상흔이 남긴 강자욱 지우려
바다로 간다.

봄비·2

통통하게 여물어
바람 끝에 매달리다 내린다

하늘의 슬픔일까
엄동설한의 설움일까
그리움 되어 내린다

방울방울 반짝이며
또 하나의 별이 되어

언제쯤 터질까
반짝이다가 제풀에 못 이겨
뚝뚝 떨어진다

가랑가랑 쉼 없이
튕기고 튕겨
고이다가 흐르고 스미다가 넘친다.

늦은 퇴근길

화려한 네온사인 불 밝혀
온 동네 잔치 벌인다

푸른 달빛은
어서 가라 재촉하는데
발가락 뼈마디까지 세워
정류장 의자에 앉아
휴대폰 세상으로 낭만에 젖는다

하루의 노곤함도
불꽃 피워 오르는 밤
두둥실 떠간다

핸드폰 속의 열기로 익어 가는
달도 별도 군데 군데 흐느끼다
외계인을 만나 울음 뚝 그치는
낭만의 큰 산

따스한 산빛 잔물결 그대로
머금은 정
피곤함에 몸 다 뉜 시심
다소곳이 품어 주는 세상

매일 산모롱이 돌아오는 길에
부엉이 닮아 뜬눈으로
시꽃을 주우며 걷고 있다.

자연

어제도 오늘도 내일도
같이 걷고 있는 반려
은밀히 추억 속에 담고 있는 너

숲속 새들도
연분홍 물결 찍어대며
사랑 노래 부르게 하는 너

계절에 맞는 옷차림으로
감촉 좋은 바람결
맞이하는 너

꿈틀꿈틀 마음 깨워
그리움 자락
움켜쥐게 하는 너

서로 뒤엉켜 하늘 한 번 보고
풀꽃에게도

방긋 눈웃음 보내는 너

민들레 홀씨처럼
그 열정으로 숨쉬며
살맛나게 하는 너

어둡고 때묻어
울적한 울타리도
시심으로 채색하는 너

쿵덕거리는 설렘의 소리로
치유하며
쉴 새 없이 날갯짓하는 너.

그대

날마다 발걸음으로
점 찍어
그대 오심에

향기로움 가득 펼치는
바람문 앞에서
팔랑귀 열어 다독인다

행여나
아니 오면
어찌하리까

님 오는 길목에
하얀 눈송이 휘날릴 때
백설 같은 그 목덜미
어이 닮았다 아니 하리까.

꼭짓점

위태롭게 가물가물 올라선
언덕배기에 기대선 채

능선 따라
좁은 길 더듬다가
낭창낭창 제멋대로
하늘로 치솟는다

오르다 만나
스쳐가는 바람 소리에
끼어 볼까 망설이다

마음 포개 놓고
모서리에 걸터앉아
이렇게 저렇게
셈만 하고 있다.

출근

가물거리는 가로등 불빛의 품안에 안기면
나를 안은 날말들이 흩어진다

신새벽 눈 비벼 바짝 깃 세운 눈꺼풀은
거추장스럽던 미열을 떼어내고
늘 그렇듯 마음 포개 앉는다

향기 철철 남실거리는 글꽃을 철통에 옮겨 싣고
낭만기둥에 매달린다

봄꽃 닮은 시심들이 흘러온 그곳에
똑바로 누운 활자판이 옆으로 새어나와
똘망똘망한 곳간에 우뚝 선다

가지 끝에서 흔들다가 어르다가
덜 여문 마음 봉오리에 물안개 날라 주다가

오늘도 우쭐거리며

해적 해적
옷깃 여미고 있다.

어느 봄날

물안개 아련히 피어오르는
햇살결 사이로
길섶의 꽃들 색색의 인사 나눈다

한 발 한 발 내디디는
빠알간 운동화 따라
싱그러운 꽃들이 피어나고

청매실 몇 알이
데그르르 길가에 내려앉아
바람 소리 귀기울이고 있다

나풀거리는 스카프
목마 타고
아슴아슴 그림자 질게 드리운다

행여나
가슴 졸여 온
그리움 채울까 봐.

건망증

바쁜 일이 많고도 많아
자물통 걸어 둔 채
무심코 집 나선다

장 보기, 미용실,
은행 볼일
어찌 이리 바쁠까

열쇠 잃어 버려
여기 저기 찾아 헤매도
또다시 제자리걸음

애타는 가슴만 태우다
기억 더듬어
어느 한곳에 들렀더니

별일 없었다는 듯이
정수리까지 환해진 열쇠
주인 만나 또작 또작.

외출

햇살처럼 다가온 추억 한 뭉치
품안에서 헹가래 치다
방안 가득 뛰놀고 있다

낙동강 휴게실에서
먹다가 남겨 둔 호떡 한 조각
입술에 가까이 가져다 댈수록
향수 속을 거닌다

한 입 베어 물어
별떡 만들고
또 한 입 베어 물어
꿀떡 만든다

그리움으로 쌓였다가
몇 년을 비워 둔 그 자리
응석받이처럼 컬컬한 고단함
풀어헤치고 있다

길고도 짧은 하루의 여정

눈떠 보니

거기서 또 다른 나를 기다리고 있다.

억새

잎과 잎 사이
그 눈빛 마주보며 흐느낀다

겨드랑이 파고든 싸늘함도
그리움 머금고서 한 발짝씩 물러선다

하얗게 멍든 가슴에
와글와글 추억들을 줄 세우고 있다

속울음은 은빛 날개 속에 감춰 두고
바람 등에 업고 하향할 차례 기다린다

꼿꼿한 긴 허리 세우고
돛을 단 듯 나풀 나풀거리며.

초가 · 1

막걸리 한 사발에
향수 속
부뚜막의 가마솥 타오르고

문지방 넘어 온 햇살이
보얀 가슴 타고 흘러
소리 없이 베푸는 몸짓

어릴 적 추억
언제나 그 자리
아직도 젖 떼지 못한 달빛

볏짚 두루마리 펼친
그 손길에
용마루 도란도란 정겨웁다.

초가·2

짚북데기 굴레에
지극 정성으로 쌓아놓은
애기꽃

구수한 달래 된장국에
한 모금의 숭늉도
나눠 마시며

부뚜막의 가마솥
속살 드러내고
지칠 줄 모른다

문지방 너머로
몰래 들어온 햇살
사운대다 오롯이 호흡 맞추고

자연을 가슴에 담아
안으로 부푼 몸짓

소리 없이 다독인다

언제나 그 자리에서
어릴 적 추억
가득 매달고

어머니 한 생애 닮아
아직도 젖 떼지 못한 달빛
나래 치고 있다.

시화전

늘 푸른 시심
그림 속에 담가 두고
첨벙첨벙 자맥질하며
너에게로 간다

결 고운 꽃이름 지어놓고
추억까지 울컥 집어 삼켜
지독히 애달픈
너에게로 간다

나무도 바람도 구름도
솜사탕 되어 너울 너울
너에게로 간다

깊은 숲속 휴식처
청정수 같은 샘물 되어
너에게로 간다

입술 파란 고독도
마음의 자유에 맡기고
절절이 여백 스며든
너에게로 간다

홀홀 시옷까지 벗고
그리움 울컥 쏟아내며
아슴아슴
너에게로 간다

깊은 시 한 수
같이 울고 같이 웃으며
심호흡으로 마냥
너에게로 간다.

향수

긴 여름은 스스로
그림자를 앞세우고
기웃거리고 있다

학교에서 돌아온
개구쟁이들
멱감는다

벌거숭이 등짝에
소금쟁이도 덩달아 헤엄치며
수영 강사가 된다

윗물에 하나 달랑 던져 놓고
아랫물에서 기다리다
떠내려온 노란 동심
조개 먹던 소꿉친구들

아싹한 그 맛에 배고픔 달래고

불어터진 손과 발바닥
뿌옇게 번데기 주름 키운다

내일 또 만나자는 그 소리가
무더기 추억 되어
웅큼웅큼 가슴 적시고

물방개 조잘대던
그 모습이
여전히 물컹거린다.

나의 삶

산자락 품고
쉬어가다가
뒤돌아보다가

벌겋게 일어서는 희열감
광주리에 옮겨 담으며
목젖까지 꽉꽉 채우고 있다

때로는 벙긋이
때로는 화들짝 자지러지며
말없이 산등성이 넘어간다

노을빛에 감전되어
간절한 목마름으로
벌거벗은 채 향기 내뿜으며.

나의 봄

동그라미 그리며
안개처럼 숨어 날갯짓하는
추억 한 마리

꽃술에 비비고 꼬이며
황홀에 취하여 방황한다

꿀벌이 찾아들고
새들의 팔랑귀도
쌕쌕거리며 오고 간다

향은 점점 짙어
운무 덮고 누워
번갈아 가는 발길에

푸릇푸릇 번지는 향기
자꾸만 방망이질해댄다
웅크린 몸속에서 놀이하듯.

사랑처럼

날마다 눈으로만 먹는
예쁜 병에 담긴 과일주
귀엽게 홀린다

보기만 해도
쳐다만 봐도
좋은 사이

수년째
눈으로만 마시고 있다

달콤할까
새콤할까

한 숟갈씩 먹을까
다 마셔 버릴까

때론

눈동자에 들이붓기도 한다

잠 못 이룰 때
꿈을 꾸지 못할 때
동공마저 커지는
가슴 안의 생각들

불타는 집념으로
뚫어지게 쳐다보지는 않는다
다만 눈뜨다 잠들 때
습관처럼 쳐다볼 뿐

나는 꿈꾸지 않는다
다만 꿈속으로 끌고 갈 뿐
눈으로라도 먹기 위해서

너 때문에
열고 싶어 다시 목청 높여
탐닉해 가는 나를 부르며.

연등

어둠 속에 내리는 빛
가슴으로 스며들 때

해탈 걸음 오는 님
맞이하니 등불일세

섬섬옥수 여린 손길
가지런히 꿈 모아

한 줄 한 줄 다듬으며
엮었네 만사형통

희망의 돛단배가
험한 물결 헤쳐가니

비치는 평화의 꿈
우리들의 기도일세.

제4장

그리울 때면

시심

고운 날들의 감성
날마다 익어
출렁 출렁

그리움 오고가는 길섶에
석류 시샘하듯
빠알간 속살 내밀고

향기
톡톡 드리우고
농익어 요염하다.

그리울 때면

바람 끝에 묻어 둔다
긴 기다림의 끝

멍울진 사연 살짝 꺼내
등불에 들춰 본다

파도처럼 밀려오는 생각도
바람도 하냥 스쳐만 가는데

밀고 당기며
온몸으로 파고드는 봄 입김처럼

남몰래 띄어 보낸 고백을
부풀리고 떠도는 구름처럼.

어머니의 길

산달이 다가온다
숨소리 귓가에 세워 놓고
꿀렁 꿀렁 배꼽이 미소 짓는다

살과 피를 이어받아
무거운 몸 힘들지만
마음은 가볍다

조용히 그날 기다리며
아파도 즐겁고
슬퍼도 즐거운
감동의 대서사시

거룩한 자리
영원히 메마르지 않는
산모의 길

여린 꽃망울

아릿한 탄생을

설렘으로 기다리고 있다.

정해루

그곳에 가면
정해 부부가 날마다
깻자루 쏟아붓고 있다

물레방아 도는 실개천에
향기 다른 과일나무들이
길 안내한다

긍정과 사랑의 씨앗 뿌려
무지갯빛 삶 일구고 있다

온종일 쉬어 가는
밀어의 꽃향기
황혼의 주름살 쫙 펴지도록
파고드는 저 잔잔한 미소

부족한 게 하나 없는
마음 다정한
부부의 안식처.

봄

바람결 뒤흔드는 대지
목젖에 젖어 나풀나풀

거침 없는 바람새
침묵에 기대어 훔쳐본다

한두 발 내밀던 발자욱들
뒤뚱뒤뚱 내디디며

붙잡아 둘 수 없는 여운에
오늘을 내려두고
그리움 삼켜대고 있다

내일을 들추며 속살거리더니
봉긋 솟은 가슴결에 잠시 머문다.

오일장

짝수 날짜가 기다려지는
태화 장터
어머니 품속 같은 곳
상인들의 생명수가 펑펑 쏟아진다

눈가의 주름 수만큼이나
희로애락이 가슴에 멍울진다

좌판대에 진열된 생물들이
오고가는 어깨 툭 치며
눈길 끌어모으고 있다

몸 굽힌 등 푸른 생선과
갓 태어난 햇과가
시장 첫 나들이에 수줍음으로
발그레 웃는 낯빛이 앙증스럽다

용돈 벌어 쓴다는 노인

막걸리 한 잔에 취기 돈 틀니도
덜컥덜컥 신명난다

덤으로 더 얹어 주는 땀방울이
소금꽃 되어
이어져 가는 인연으로 만나

지나가는 바람에 풍문 띄워
이렁성 저렁성 살아간다.

노근리

여기
잠들어 있는
노란 하늘을
저들은 기억하고 있겠지

눈망울 총총한
이슬 같은
하얀 살갗에
기관총의 시뻘건 소리
박히고

수백 명의 무고한 양민
내 부모 내 형제
하루 아침에 풍지박산
쑥대발 핏빛으로 변했다

적군을 향해야 할
미군의 실탄은

내 고향 내 탯줄인
충북 영동군 황간면 노근리
경부선 철로 위로 향했다

피난민을 집결시킨 후
무차별 기관총을 난사
무고한 양민 200여 명
떼죽임의 광란은
천륜을 져 버렸지

그 총알들의 흔적은
아직도 분노 삼키며
원한의 함성 내지르고 있다

천인공노 양민 학살
만행을 단죄하라
고개 숙여 사죄하라

마침내 이 땅 이 조국은
핏빛으로 함락되고 말았다
세월아 통곡해 다오
백의민족 수난의 아픔을

다시는

이 지구상에

전쟁의 상흔은 없어져야 한다

강국에 의한 약소국가

국익 찬탈과 인권 유린은

반드시 단절되어야 하고

평화로운 세상이

아름답게 펼쳐져야 한다

무구한 세월이 흐른 지금도

그 노란 하늘은

구슬픈 눈물을 담고

원한의 구천을 헤매고 있다.

의자

스쳐 지나가는 만남도
떠돌다
예쁜 시심 일구도록

애틋이 피어난
꽃봉오리
온 세상 품도록

솔바람 소리에 취한
풍경의 향기
겉과 속이 앙증맞도록

오는 길 가는 길
온정의 운치로
빛 되어 물들이도록.

보고픔 · 1

순백의 목련이 지고
이팝꽃이 피어나는가

어느새
검붉은 장미가 키재기하고 있다

긴 소매 걷어낸 철쭉은
늦봄을 걷고 있다

가슴속에 들꽃처럼 스며오는
얼굴 하나

마음자락에 얹혀
실그네 타고 있다

일상 속에서도
사그랑 사그랑 다가와
자꾸 아릿거리는 그리움

그윽하게 되살아나
동공 속에 머물더니

울적해지는 가슴 한켠에
고스란히 들어와 맴돌다

추억의
놀이 공원을 헤매고 있다.

보고픔·2

뻣뻣한 가슴 꾹꾹 눌러
숨죽이고 있다

뜨거운 그리움
가만히 놔 두면 터질까 봐

부글부글 끓는 속뚜껑
열어놓고 잠재운다.

초가을 단상

하늘 깃털 사이로
갓 그린 구름 고개 내밀어
향취 가득 품고서

갈바람 기세 따라
들국화 울대 세워
소슬거린다

길가 풀꽃들은
내디디는 발걸음마다
추억의 숨소리 들이마신다.

거리의 추억

마냥 파랗게 꾸던 꿈들마저
시들어져 가는 이 시간
낙엽 밟히는 소리에
깨진 침묵이 비틀거린다

가을 끝 무렵
홀로 떠나가는 구멍난 가슴
걸어간 발자욱이 또렷하다

햇살조차 차갑게 느끼며
바람에 떠밀려 흐트러지다가
길 잃어버린 낙엽이 애처롭다

허전함이 몽실 몽실
구름 위로 떠올라
노을에 하소연 쏟아낸다

바람 쓰러지는 오후

서산은 둥지 되어
잠재운다

산을 내려오는 그림자
스르르 눈감고 어디로 가는지
그 길 홀로 쓸쓸하다.

어머니

앞마당 민들레
노란 저고리 닮은 가슴
묵은 이끼가 바라본다

장독대 항아리 뚜껑 열어
이 집 저 집 나누어 주던 손길
꽃바구니처럼 환한 웃음 주던
주름진 입가

손의 것 다 준다 해도
아쉬움만 남고
지금은 저 멀리
낯선 시간 속으로
하늘길 소풍 간다

참사랑에 고개 숙여지는
물컹한 그리움
또 하루를 끌어당긴다

아직도 눈 못 감고
먼 소식 기다리나
어찌 알고 꿈속에서
찻물 끓여 입맛 다시나

혀 놀림 어물 어물
아스라이 모여드는
꿈꽃이여

까맣게 밀려오는 밤
달빛 경계마저 허물어 놓고
별빛만 된바람 되어 스멀댄다.

코로나19

동백은 고개 떨군 채
소쩍새는 울어
날이 새는가

만남의 자리
이별이 차지한 채
서러워 울고 있는가

복사꽃 화사함도
기다리다 지친 목소리
사월풍에 날린다

들은 척하지 않고
그냥 저냥
지나가는 봄

여느 해처럼
스쳐갈 뿐

사르르 햇살 아래
기다림이여
그 끝은 언제인가.

독도

수백만 년의 기다림 끝에
때가 되어 태어난 화산섬

눈뜨면 만상의 움직임으로
일어서는 태양 퍼 올리는 섬

세찬 바람 이어가는
품 넓은 신선이 사는 섬

주변 산봉우리
참나리, 왕대국, 갯까치수영
색색의 옷깃으로
딴 세상을 만드는 섬

동도와 서도가 수면 위로 손 내밀면
푸른 빛 사이로
괭이갈매기, 흑비둘기, 황조롱이
찾아와 서로 우리 땅이라며

구구절절 날갯짓하는 섬

물빛 아래 앉은
해삼, 소라, 전복
바다풀을 헤치며
그림 그리고 있는 섬

일렁이는 수평선 너머
소금꽃 피워 삭힌 작은 조개껍질
하얀 이 드러내놓고
모래 속에 신음을 잠재우는 섬

바다는 침묵하지만
대한의 꽃 피워 내는
수백 년 낭만의 기억들이
새벽하늘의 계명성 같은 섬

철썩이는 파도가
뜨거운 숨결로
머무르고 있는 섬.

떠나려 하네

선홍빛 휘감은 햇살결
가을 향기 담은 추임새에 자리 내밀고
성큼 떠나려 하네

버리지 못한
미련의 발자국 소리 남기며
저만큼 홀로 떠나려 하네

지친 사랑마저도 허기져
후미진 인연 저 멀리 달아나
생채기 난 추억 지우려고 떠나려 하네

적막의 혼돈으로 채색되어
아직도 벌겋게 닳은 문밖에서
때늦은 이별처럼 떠나려 하네

여운의 길 위에서 가슴 저미며
한여름 붙들어 맨 채
그렇게 길바닥 쓸면서 떠나려 하네.

천상병 시인

어느새
새악시 수줍음처럼
다소곳이 다가선 님

세상 속에 흩어진 옷자락
보일까 두려워

영롱한 이슬 총총 모아
씻고 또 씻어

추억 흠뻑 적시며 맞이하니
꽃들이 만찬이다

한없이 젖어드는 보고픔
가슴 한쪽에 박힌 시련 달래고

잿빛에 가리워진 그리움
한 움큼 보듬는다.

꽃 지는 자리

능소화가
바람결에 내려앉으면
서럽다

햇살에 맞서다
아릿한 아픔으로
여기저기 흩어지는 몸뚱아리

아무리 붙잡아도
그리움처럼
또다시 멀어져 간다

봉긋한 젖무덤마저
살짝 눈 가리고는
바람에 밀려간다.

칵테일

생각들이 섞어져
흔들거릴 때

원색들의 행렬이
아침을 열고 나선다

마주하는 첫 인사에
줄을 서며.

널 그리며

휘어감는 아릿함
그 자태
품속이 그립다

굽이 굽이 더듬는
바람의 흔적이
가비얍다

뜀박질하는 세월
화르르 타오르는 열꽃인 양
도드라져 맥박 소리 짚는다

안개꽃 추억이
그리움 되어 허물어졌다가
숨바꼭질 놀이에 그만 취해 버린다.

장미

하늘 찌르듯 높아진 콧대
누가 불러 저토록 비 맞으며
송이째 툭툭 서두르고 있을까

온몸으로 내던지는
봄비의 선율처럼
솟구치는 계절에 흐느끼고 있다

피는 순간은 설렘으로 왔다가
한동안 향기에 허우적거리다
빛바랜 사진 한 장 속에서 칭얼댄다

그토록 눈부신 여심
그 어디에 숨겨 두고서.

기도

강물처럼 유유히 걸어가게 하소서
꽃처럼 아름다운 풍채로 살게 하소서
포근하고 펑퍼짐한 포옹 하게 하소서

어느 날 비바람에 젖어도
돌부리에 넘어져도
허허허 웃을 수 있게 하소서.

빗소리

듣고 또 들어도
반가운 발자국 소리.

그리운 날

엊그제 태운 불꽃
채 가기도 전에
여운의 긴 끈이
자꾸 밟히며 따라온다

눈빛 붓대 하나로
그림 그리면서
눈꺼풀은 짓눌려 앞을 볼 수 없다
적막에 가린 얼굴 지울 수도 없다

폭풍에 날아가는 모랫바람 그 사이로
달리는 보고픔

그저 바람이
멈추기만을
기다릴 수는 없었다

가슴에 타오르는 뜨거운 불꽃

정녕 누가 끌 것인가

밀려오는 그리움
꽉 움켜 쥔다.

밤비

후두둑
흐린 표정으로
갑질하는 소리

다듬이질 소리와
뒤엉킨 채
후두둑

가슴속에 맴돌던
아스라한 얼굴
마음 두드린다

맨발로 뛰쳐나가
잔잔한 반올림으로
적막을 깨우며

설렁설렁 쌓을까
차곡차곡 쌓을까
인정 없는 이 그리움을.

한실 문예창작 문우들의 작품집

오늘의 詩選集 Series

오늘의 詩選集 제1권
화장을 지우며
강만순 지음 / 144면

오늘의 詩選集 제2권
또한번 스무살이 되고 싶은 밤
김숙희 지음 / 160면

오늘의 詩選集 제3권
사랑의 빈자리 될까 봐
박완규 지음 / 144면

오늘의 詩選集 제4권
유모차 탄 강아지
김미경 지음 / 112면

오늘의 詩選集 제5권
이 환장할 봄날에
신점식 지음 / 176면

오늘의 詩選集 제6권
작아지고 싶다
주경희 지음 / 176면

오늘의 詩選集 제7권
가을은 어디나 빈자리가 없다
전금희 지음 / 176면

오늘의 詩選集 제8권
쓸쓸함에 대하여
이후남 지음 / 176면

오늘의 詩選集 제9권
바람이 열어 놓은 꽃잎
문재규 지음 / 220면

오늘의 詩選集 제10권
단 한 번 사랑으로도
이호근 지음 / 176면

오늘의 詩選集 제11권
할 말은 가득해도
최승벽 지음 / 176면

오늘의 詩選集 제12권
비밀 일기
박봉은 지음 / 176면

오늘의 詩選集 제13권
꽃만 봐도 서러운 그날
한실 문예창작 동인지 제8집

오늘의 詩選集 제14권
마냥 좋기만 한 그대
최기숙 지음 / 176면

오늘의 詩選集 제15권
풀꽃향 당신
김영순 지음 / 176면

오늘의 詩選集 제16권
유리인형
박봉은 지음 / 176면

오늘의 詩選集 제17권
보고픔이 자라고 자라서
한실 문예창작 동인지 제9집

오늘의 詩選集 제18권
첫사랑
김부배 지음 / 176면

오늘의 詩選集 제19권
나는매일밤바람과함께사라진다
박덕은 지음 / 240면

오늘의 詩選集 제20권
오늘도 걷는다
유양업 지음 / 176면

오늘의 詩選集 제21권
내 사람 될 때까지
전춘순 지음 / 176면

오늘의 詩選集 제22권
처음 사랑
한실 문예창작 동인지 제10집

오늘의 詩選集 제23권
당신에게·둘
박봉은 지음 / 176면

오늘의 詩選集 제24권
그 누가 다녀간 것일까
전금희 지음 / 206면

오늘의 詩選集 제25권
한 잔 술에 가둘 수 없어
이후남 지음 / 164면

오늘의 詩選集 제26권
그리움 머문 자리
이인환 지음 / 176면

오늘의 詩選集 제27권
사랑의 콩깍지
김부배 지음 / 176면

오늘의 詩選集 제28권
사랑은 시가 되어
최길숙 지음 / 176면

오늘의 詩選集 제29권
그리움이라서
이수진 지음 / 176면

오늘의 詩選集 제30권
그리움 헤아리다
배종숙 지음 / 176면

오늘의 詩選集 제31권
아직 끝나지 않은 이야기
장헌권 지음 / 176면

오늘의 詩選集 제32권
마냥 좋아서
한실 문예창작 동인지 제11집

오늘의 詩選集 제33권
그리움의 언덕에 서다
김부배 지음 / 176면

오늘의 詩選集 제34권
사찰이 시를 읊다
이수진 지음 / 176면

오늘의 詩選集 제35권
그대는 나의 누구인가
한실 문예창작 동인지 제12집

오늘의 詩選集 제36권
사랑은 감기몸살처럼
박봉은 지음 / 176면

오늘의 詩選集 제37권
그때는 몰랐어요
정주이 지음 / 176면

오늘의 詩選集 제38권
몰래 한 사랑
조정일 지음 / 192면

오늘의 詩選集 제39권
여백의 미학
한실 문예창작 동인지 제13집

오늘의 詩選集 제40권
이 환장할 그리움
김부배 지음 / 164면

오늘의 詩選集 제41권
지금도 기다릴까
유양업 지음 / 166면

오늘의 詩選集 제42권
사랑하기까지
한실 문예창작 동인지 제14집

오늘의 詩選集 제43권
나에게로 가는 길
전예라 지음 / 176면

오늘의 詩選集 제44권
지금 여기에
이양자 지음 / 184면

오늘의 詩選集 제45권
또 하나의 나
이명순 지음 / 176면

오늘의 詩選集 제46권
향기 나는 꽃
서정필 지음 / 192면

오늘의 詩選集 제47권
그리움의 향기
한실 문예창작 동인지 제16집

오늘의 詩選集 제48권
마음의 쉼표
김방순 지음 / 176면

오늘의 詩選集 제49권
그리움의 시간
강덕순 지음 / 176면

오늘의 詩選集 제50권
사랑의 전설 안고 피어나라
조규칠 지음 / 168면

오늘의 詩選集 제51권
가슴의 꽃
서은옥 지음 / 176면

오늘의 詩選集 제52권
노을의 여백
류광열 지음 / 144면

오늘의 詩選集 제53권
풍경이 있는 정원
이선자 지음 / 176면

오늘의 詩選集 제54권
얼마나 더 깊어야 네 마음 헤아릴까
배종숙 지음 / 120면

오늘의 詩選集 제55권
사시사철 사랑
박상은 지음 / 176면

오늘의 詩選集 제56권
섬진강 처녀
이강례 지음 / 160면

오늘의 詩選集 제57권
인연의 향기
한실 문예창작 동인지 제17집

오늘의 詩選集 제58권
아버지의 강
배종숙 지음 / 192면

실 문예창작 동인지

한실 문예창작 동인지 제1집
『한꿈』

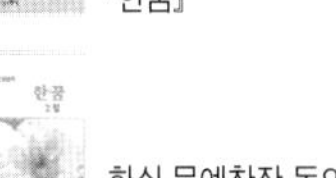

한실 문예창작 동인지 제2집
『한꿈』

한실 문예창작 동인지 제3집
『당신의 쓸쓸함은 안녕하십니까』

한실 문예창작 동인지 제4집
『목련은 흔들리고 있다』

한실 문예창작 동인지 제5집
『그래도 한쪽 가슴은 행복합니다』

한실 문예창작 동인지 제6집
『좋은 걸 어떡해』

한실 문예창작 동인지 제7집
『아직도 사랑인가 봐』

한실 문예창작 동인지 제8집
『꽃만 봐도 서러운 그날』

한실 문예창작 동인지 제9집
『보고픔이 자라고 자라서』

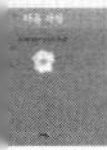

한실 문예창작 동인지 제10집
『처음 사랑』

한실 문예창작 동인지 제11집
『마냥 좋아서』

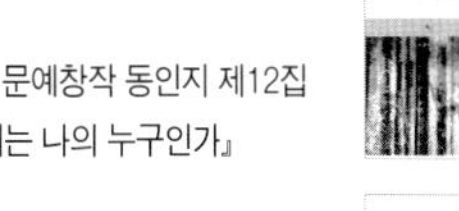

한실 문예창작 동인지 제12집
『그대는 나의 누구인가』

한실 문예창작 동인지 제13집
『여백의 미학』

한실 문예창작 동인지 제14집
『사랑하기까지』

한실 문예창작 동인지 제15집
『시의 집을 짓다』

한실 문예창작 동인지 제16집
『그리움의 향기』

한실 문예창작 동인지 제17집
『인연의 향기』

오늘의 수필집 Series

오늘의 수필집 제1권
그곳 봄은 맛있었다
최세환 지음 / 288면

오늘의 수필집 제2권
바람 따라 구름 따라 별빛 따라
유양업 지음 / 288면

오늘의 수필집 제3권
행복한 여정
유양업 지음 / 304면

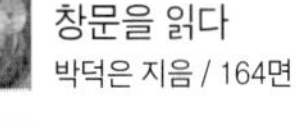

오늘의 수필집 제4권
창문을 읽다
박덕은 지음 / 164면

오늘의 수필집 제5권
꿈을 꾼다
유양업 지음 / 256면

오늘의 디카시선집 Series

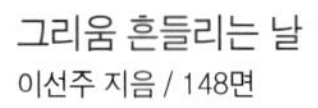

오늘의 디카시선집 제1권
그리움 흔들리는 날
이선주 지음 / 148면

오늘의 디카시선집 제2권
눈부신 사랑
김승환 지음 / 140면

오늘의 디카시선집 제3권
아내바라기
고대륜 지음 / 152면

오늘의 디카시선집 제4권
봄을 초대하고 싶다
박연식 지음 / 154면

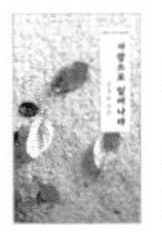

오늘의 디카시선집 제5권
사랑으로 일어나라
정경균 지음 / 160면